과분한 사랑 정말의
항상 감사드립니다!

GARBAGE TIME

DASAN COMICS

매일매일 새로운 재미, 가장 가까운 즐거움을 만듭니다.

한국을 대표하는 검색 포털 네이버의 작은 서비스 중 하나로 시작한 네이버웹툰은 기존 만화 시장의 창작과 소비 문화 전반을 혁신하고, 이전에 없었던 창작 생태계를 만들어왔습니다. 더욱 빠르게 재미있게 좌충우돌하며, 한국은 물론 전세계의 독자를 만나고자 2017년 5월, 네이버의 자회사로 독립하여 새로운 모험을 시작하였습니다.

앞으로도 혁신과 실험을 거듭하며 변화하는 트렌드에 발맞춘, 놀랍고 강력한 콘텐츠를 만들어내는 한편 전세계의 다양한 작가들과 독자들이 즐겁게 만날 수 있는 플랫폼으로 거듭나고자 합니다.

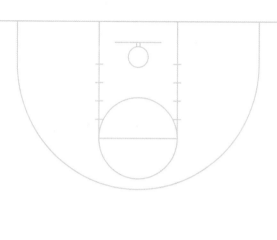

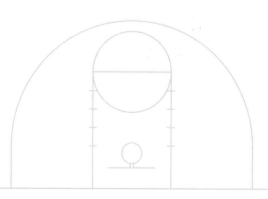

CONTENTS

GARBAGE TIME

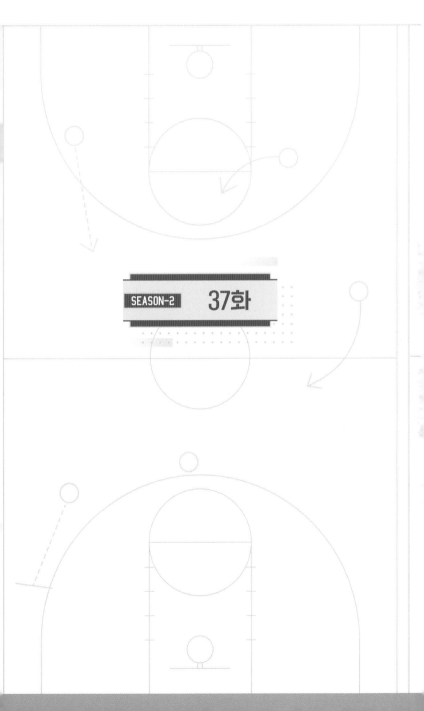

SEASON-2 37화

GARBAGE TIME

아 영점사격 한두 발만 더 하면 바로 크리크 조절 끝날 거 같은데….

쟤는 자꾸 뭐라는 거야!?

재유!

희차이 더 써봐!

옙!

솔직히…

앞선 세 개의
3점슛 중에
럭키샷이 아닌 건
고작 하나뿐이지만

그래도 세 번 연속
적중이라는 거는
의미가 크다.

불안감.

'이번에도
들어가면
어쩌지?'

—라는
불안감을 일으키기
충분하거든.

한 번 그런 불안감이 들기 시작하면

의식이건 무의식이건

숏페이크에 반응한다.

수비 자세가 높아진다.

거리를 좁혀온다.

아무리 빨라봤자 이 정도 거리면 슛도 약하게 견제하면서 돌파도 막을 수 있어.

이렇게 되면

희차이의 무기를 활용하기에 충분하지.

돌파 성공률을 높이는 방법!

그것은!

슛을 잘하면 된다!

돌파라는 게 칼싸움이랑 비슷하거든.

16

슈팅력을 보여줘서
수비를 니 간격 안으로
끌어들이고 나면은

딱 한 걸음.

한 걸음으로
승부 보는 기다.

그동안 새깅 당하느라
못 보여줘서 혼났제?

니 무기.

남들보다
긴 간격을
커버할 수 있는
힌 걸음—

오른쪽…!

아악!!!

추가 자유투 1구!

05 : 37

원중고   지상고

2

34 : 34

동점이다!

13번 12점째야!

늦었어!

13번 벌써 따라붙었다!

스피드가 엄청나!

13번…! 조재석에 대한 수비도 상당해요!

공수 양면에서 존재감이 대단해. 오늘 완전 날이구만.

야!
안 되면 나 줘!

포스트업!

일대일이다!

우쒸!?

블로킹만
높을 뿐이지…

디펜스는
초보자 수준이야.

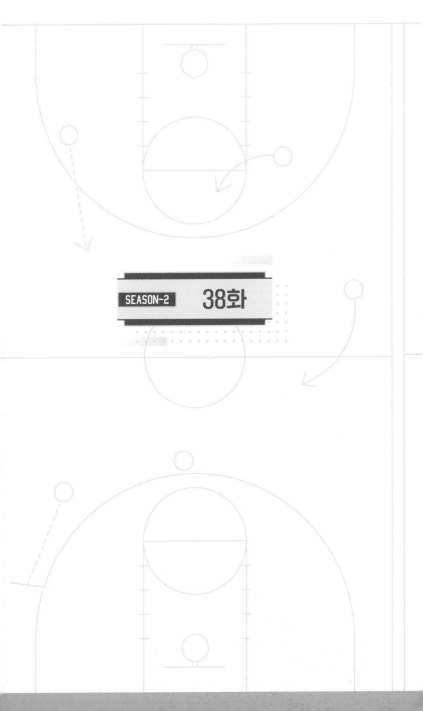

SEASON-2 38화

GARBAGE TIME

뭔 소리야,
방금도 막혀놓고….

아니 방금도
23번은 날렸잖아!
7번 못 봐서
실수한 건데….

지국민 쟤는
시야가 저 모양이니까
16세 대표 뽑혀놓고
인석이한테 밀려서
벤치만 앉아 있었지….

그만하고
집중해!

수비로
만회하면 돼!

하긴
그럴 만도
하지.

슬슬
짜증 나긴 하는
모양이구만.

경기 내용으로 보나
개인 기량 면으로
보나

10점은 앞서고
있어야 할 게임을

럭키샷 두 방에
흐름을 내주고는
동점까지 허용했으니.

05 : 13

원중고 지상고

2

34 : 34

뭐, 우리는
조재석이가 숫감을
찾기 전에

애들아!

38

재석아!

13번 슛 의식하지 말고 뒤로 오라고!

운빨이야, 운빨!

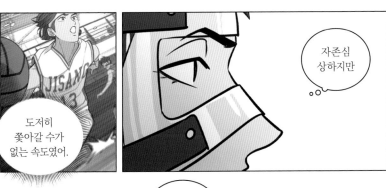

이번에는 좀…

빗나가라…!

미스다!

리리리리리리!

공격 리바운드!

오, 23번
탄력 봐!

와 씨,
엄청 잘 뛰네….

야!
받아!

스크린…!

걸렸다!

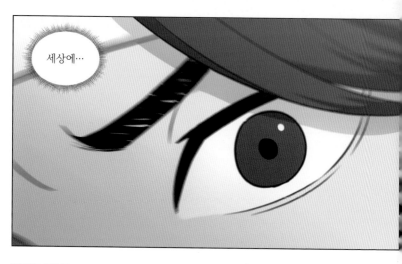

세상에…

태성 햄이
패턴 없이도 알아서
스크린 서줄 줄도
알고…

이래
믿음직스러워질
줄이야…

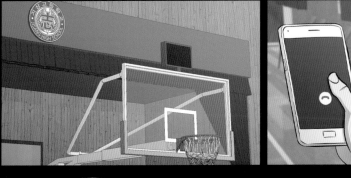

공태성
안 받음?

어.

하, 공태성
이 X끼

맨날 우리가
조용히 넘어가주니까
X나 만만하게 생각해서
계속 빠지는 거지.

생각할수록
빡치네 X팔거….

준수 햄
또 화났다···

내가 생각한
팀은

이런 게
아니었는데.

왜 그런 거
있다 아이가?

경기 보다보면
나오는 장면들.

태성 햄도

재유 햄도

상호도

전이랑은 달라진 느낌이 든다고.

만약에 준수 햄도

우리랑
함께해준다면…

진짜로

일 낼 수
있을 거 같은데.

......!

31번 간만에
3점…!

그 원중고를
상대로

지상고가
리드를
잡았어요!

04 : 53

원중고   지상고

2

34 : 37

응?

뭐야?

파울은
아닌데….

!

정희찬…!?

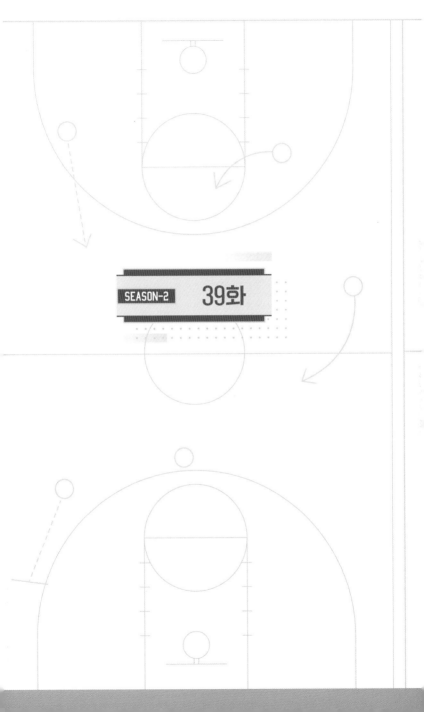

SEASON-2 39화

GARBAGE TIME

다리는 다친 데
없지?

혼자 걸을 수
있겠어?

옙…

아윽…!

하 씨…

이번엔
진짜

뭔가
될 거 같았는데….

공중에서의 충돌로
착지에 실패하면서
왼손을 짚게 된
희찬이는 팔에
통증을 호소했고

정확한 진단을 위해
코트를 빠져나갔다.

후유증이 남을 만큼
심각하진 않을 거 같으니까
너무 마음 쓰지
마래이.

니는 니 할 거
하면은 된다.

희차이가
만들어준 리드 뺏기지
말아야지.

그리고 이제부터는
상대 공격 끊겠다고
일부러 파울하고 이런 거는
엔간하면 하지 마래이.

아쉬워도
줄 건 그냥
줘야 된다고.

한 명이라도
퇴장당하는 순간

바로 게임
끝이니까.

02 : 55

원중고   지상고

2

36 : 39

역시 6번이
조재석을
마크하네요.

협회장기 때는
조재석이랑 매치도 아니었고
이미 한 명 퇴장당하고
게임 터진 뒤에야 들어와서
그다지 활약이 없었는데

이번에는
조신우나 박병찬을
상대할 때만큼의 디펜스를
보여줄 수 있을까요?

이번에는…

글쎄.

14!

14!

3점!

됐어!

02 : 44

민중고   지상고

2

39 : 39

굿샷!

드디어
터지는구나!

역시

6번이라도
조재석은
막지 못할 거 같네.

본인이 공을
쥐고 있어야
최대의 위력을
발휘하는

그동안
6번이 상대했던
박병찬, 조신우 같은
녀석들은

'온 볼러'였지.

하지만
조재석은 달라.

며칠 전
원중고와 상평고의
경기에서 조재석은

후반에
포인트가드의 역할을
팀원에게 넘겨주고
슈터로서의 역할에
집중했지.

딱 지금처럼.

단 15초에
불과했다.

그날 조재석은
후반에만 17득점을
올렸는데

그동안
공을 소유한
시간은

이런 타입을
상대로 증명한 게
아무것도 없어.

6번은
아직

01 : 53

원중고　지상고

2

42 : 39

이런 타입은
오히려 13번같이 빠른
녀석이 나았을 텐데
부상이라니

지상고로선
아쉽게 됐어.

그러네요.

공격 상황도…
13번이 유일하게
해결해주고 있었는데

13번이
빠지자마자 흐름이
끊겼어요.

진재유는 11번이
나온 뒤로
눈에 띄는 활약이
없고

6번은
뭐…

원래
공격력이
없었으니.

오늘 6번은
공수 양면에서

완전히
무용지물이네요.

그나마
아까 3점 하나 넣고
숫감이 돌아오나 싶었던
31번도

그 뒤로
감감무소식이고요.

4월 대회에 이어서
5월 협회장기까지
장도고에 막혀
아쉽게 준우승에 그친
원중고긴 하지만

전영중의 수비 퍼포먼스는
상당히 인상적이었어.
덕분에 전영중에 대한
평가도 상당히 올라갔지.

최근에
퍼리미터 디펜스 능력만큼은
고등부에서 두세 번째라는
평가까지 받고 있는데

00 : 46

중고 지상.

2

45 : 39

그런 전영중을 상대로
득점하는 건 여간
쉬운 일이 아닐 거다.

들어온다!

무리하지
마!

아악!!!

공격자 반칙!

아니 이게 왜요!?
*선 밟지 않았나…?

안 밟았어.

굿디!

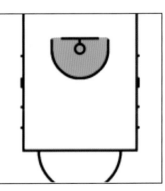

*노차지 세미서클(반원) 구역(No-charge semi-circle areas)
노차지 반원 구역 내 공격자와 수비자 사이 신체 접촉이
예상되는 상황이라도 공격자가 부당하게 손, 팔, 다리, 몸 등을
사용하지 않는 한 다음과 같은 수비자와 신체 접촉이
발생하더라도 공격자의 파울이 선언되지 않는다.

이 규칙은 다음과 같은 경우에 적용된다.

● 공격자가 공중에서 볼을 컨트롤하고 있고,
● 그 선수가 슛이나 패스를 시도하고,
● 수비자가 노차지 구역에 한 발 또는 양발을 딛고 있을 때.

쳇.

하…

희차이가 있고 없고의 차이가 참 크다.

이거는 경기력의 문제가 아이다.

오히려 그거는 사소한 문제지.

희차이가 상호보다 기량적으로 낮긴 하지만

그리 큰 차이도 아이고, 전술적으로는 상호가 더 나을 때도 많으니까.

그럼에도 희차이의 이탈이 이토록 치명적인 이유는

너무…

…너무
조용해.

방금처럼
다툼이 생겼을 때

위험하게
무슨 짓이야!?

제일 먼저
달려와서
말려주고

태성 햄
나이스!

완벽히
계산된
뱅크슛!

상호!
기다리지 마래이!

경기장 질

지금 흐름
좋으니까…

그냥 3점
떤지라!

실수를 해도

재유 햄!
괜찮다.

어차피
2점짜리니까….

준수 형!

유희성 화이링!

안 들어가는 거 신경 쓰지 말고 계속 던져요.

던지다보면 분명 슛감 돌아올 거예요.

준수 햄 너무 신경 쓰지 마래이.

니는 니 할 것만 잘하면 된다.

잘되겠나?

상호! 니 오늘 되는 날이다! 3점 성공률 50퍼센트(1/2)!

내 어제 꿈에 용이 나왔는데…

니 그 꿈 얘기 한 번만 더 하면 진짜 죽인다!?

아무튼 3점 땡겨!

당연하지!

어제 내 꿈자리가 좋았거든!

제일 먼저 위로해주고

84

재유 햄 나이사~!

세리머니! 세리머니!

우왁!?

그렇지! 낄낄

득점을 하면 제일 유난스럽게 칭찬해주던 게 전부

다온 햄 오늘 대박인데?

강인석이 햄한테 쪽도 못 쓰네.

그거는 다온 햄 실력이 늘어서 그런 거 아이가?

쳇. 역시 그런 거였나.

준수 형 오늘 컨디션 좋은데요!? 지금까지 3점 성공률 백 퍼센트!

워~! 다온 햄 대박이네!

이제 왼손도 잘 쓰는데?

하나 던지고 하나 넣은 거로 무슨….

뭐… 거짓말은 아니잖아요?

하하 비밀 병기처럼 등장하더니 별거도 아이네~!

일대일로 아주 그냥 박살을 내버립시다!

풉! 방금 거 성공했으면 되게 멋있을 뻔했는데.

화이팅!

형도 들어갔다는 느낌 오면 저러는 거 한번 해주면 안 돼요?

안 해.

85

희차이
하나였으니까.

지상고…

신유고 경기 때만 해도
뭔가 달라진
모습이었는데

지금은 완전히

한 달 전으로
되돌아간 느낌이야.

2쿼터
종료.

야.

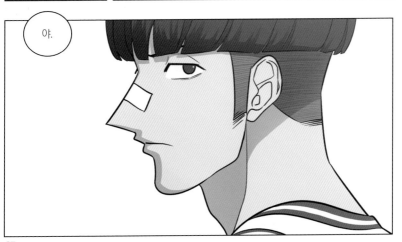

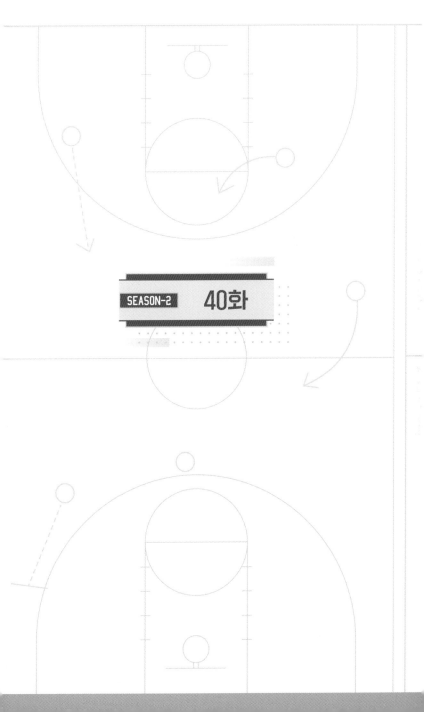

SEASON-2 40화

GARBAGE TIME

조재석이
대단하긴 하네.

13번 빠지자마자
감 잡더니
3분도 안 되는 시간 동안
3점 네 개를 성공시켰어.

면에 지상고는
그동안 2득점.

00 : 00

원중고   지상고

조재석이
무섭다는 게
바로 이거지.

48 : 39

잠깐 정신 놓고
있으면 슛 서너 개
집어넣고

정신 차리고 나면
십 몇 점씩
올라가 있어.

점수가 이 정도로
갑자기 벌어지면
어린애들 멘탈이
녹아내린다고.

봐봐.

벌써 분위기 험악한 거.

아까? 언제요?

아 그거?

안 비어 있으니까 안 줬죠.

너는 비어 있어서 그렇게 들이받은 거냐?

마! 그만하고 앉아!

이 X발놈이…!

꼽히면 다이 깨든가 X발아!

그래 한번 뒤져봐 X끼야!

X랄 났네 X랄 났어.

감독이란 놈은 애X끼들한테 먹혀가지고…

말을 하나도
안 들어 처먹는구만.

사모가
준비!

어이!

하나! 둘!
셋! 넷!

아아아
어머니!

나를 낳으시고
미역국을
드시었네~!

나를 신병고에
보내시고 짜장면을
사 주셨네~!

우리는 농구도
못하고!

헤이!

공부도
못하고!

헤이!

인물도
못난 씨끼고!

헤이!
헤이!
헤이!

어머니
죄송합니다!

우리는 천하의
불효자여라~!

농구.

1891년 제임스
네이스미스에 의해
고안되었으며…

공을 손으로 다루어
공중에 매달린 바스켓에
넣는 점수로 승부를 가르는
구기 종목의 일종이다.

농구는 다양한 운동신경을 발휘하게 해 신체 각 부위를 발달시키는 데에 도움이 되며

특히

심장과 폐의 단련에 효과적이다.

또한 팀으로 승부를 겨루면서…

사회성

희생정신

협동심을 기를 수 있다.

니들은 그동안 농구 하면서 뭐가 달라졌는데?

남들보다
동그란 고리에 공을
통과시키는 일을
잘하는 덩치 큰
남자가 된 거?

축하한다.

희차이가
나간 게 차라리
다행이지.

이런 꼴을
안 보게 됐으니.

준수.

농구
그래 하면은
재밌나?

니가
항상 꿈꾸던 게…

이런 거는 아니었던 거 같은데.

아 X발…

요즘은

지금 유니폼이
그대로 꿈에
나와요.

······

불안한 긴가···.

하긴
······적은 아직까지
하나도 없는데

남은 대회는
점점 줄어들고
있으니.

그래도
여태껏 포기하지
않은 걸 보면

그만큼
농구를 좋아한다는
뜻이겠지.

근데 하필
버저비터 넣는
꿈이라니

의외로 귀여운
구석이 있다?

X끼 이거 은근
영웅병이 있구만?

다, 당연한 거
아니에요?

암, 슈터라면
그래야지!
낄낄

멋있잖아요.

준수야.
내 한 번만
부탁할게.

우리 팀 쫌
구해주라.

공의 무게를
느낄 줄 알면…

더 좋은
슈터가
될 수 있어.

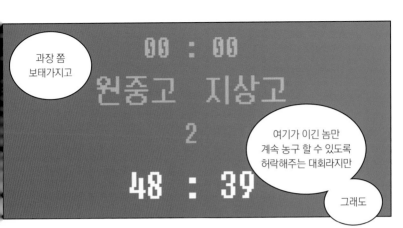

태성이!
파울 조심하래이!
인제 사려야 된다고!

나머지가 태성이
많이 도와줘야 된다!

방금 일은
신경 쓰지 말고!
하던 대로!

예.

게임이
제대로 될지…

하…
이 분위기에

110

뭐,

뭐라노
빙X 같은…

뭐라노
X시 같은 게.

햄은 할 줄
아는 말이
그거밖에 없어요?

아니, X팔리게
또 무슨
똘추 짓이냐고!?

오늘 컨셉은

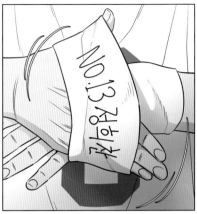

NO.13 정하찬

열혈
캐릭터거든요.

JISANG

자, 자~!

분위기 살리고 갑시다.

지상.

SEASON-2　41화

GARBAGE TIME

지상—

이거 간만에
끓어오르는구만~!

117

준수야.

내 한 번만
부탁할게.

우리 팀 쫌
구해주라.

니가 왜 농구를
하고 있는지

둘, 셋,

지상고…

호기롭게
파이팅 외치고
나오긴 했다만

딱히 바뀐 건
없네.

08 : 34

원중고   지상고

3

52 : 41

6번은 슛이
안 되고

진재유는
득점 효율이
떨어졌고

31번은
여전히 전영중이
전담 마크.

오히려
그 전보다 마크가
빡빡해졌지.

아까 13번
*킥아웃 패스로
3점 한 방
먹은 뒤부터는

진재유가
돌파를 하든
골 밑에 패스가
들어가든

도움 수비나
헷지를 전혀 안 가고
있으니까.

*인사이드에서 외곽으로 보내는 패스.

이럴 때
참…

상호의
슈팅 능력이
보통 수준만
됐어도…

블락!

나이스!

근데 쫌
신기하지
않아요?

백코트!

125

준수 형이 코너를 기피하는 거요.

따지고 보면 코너 3점이 제일 쉽지 않아요?

골대랑 그나마 가깝잖아요.

꼭 그런 거만은 아이다.

코너에선 백보드 옆면만 보이니까 거리 계산이 안 된다는 사람도 있고

126

그게 아이라도
슈팅차트를 보면
선수들은 모두
자기들만의
위치가 있지.

왜 위치마다
차이가 생기냐면…
이유는 여러 가진데

팀 전술에 따라
자기가 자주 패스 받는
위치에서만 집중적으로
슛을 연마해서일 수도,

단순히

심리적인
이유일 수도
있고.

기상호.

코너로 가.

131

…!

아, 쟤들 운빨 뭔데 단체로….

……

굿샷! 굿샷!

하나 들어가긴 했지만…

말 그대로 하나일 뿐.

아직 상호가 코너 3점에 강하다고 확신할 수는 없다.

07 : 22

원중고 지상고

3

56 : 44

하지만 만약

오늘 딱 세 개만
넣어준다면

이번 경기

놔둬!

이번엔 무조건
안 들어가!

138

원중고 지상고

3

56 : 47

굿샷!!!

6번 3점
두 개째!

뭐야,
지상고…?

06 : 53

민중고 지상고

3

58 : 47

6번은 갑자기
또 뭔데…?

농구가 운빨
X망겜이라는 것이
드러나는
순간입니다.

140

놔, 놔둬!

이번엔 진짜
진짜 안 들어가…!

막아야 하는 거 아냐?
오늘 느낌이
이상하다고…!

감독님이 6번은
놔두라고 하셨는데….

아냐.

이번엔

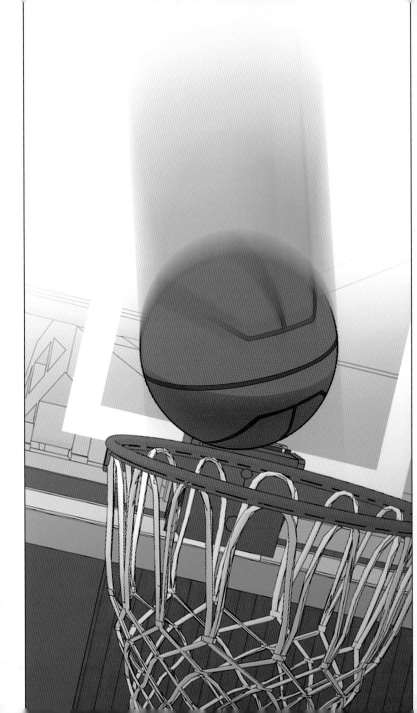

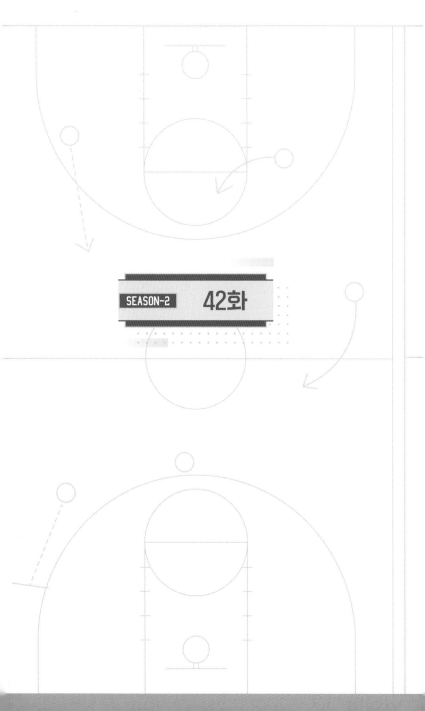

SEASON-2　42화

GARBAGE TIME

참 이상하지.

슈팅 연습할 때 보면
코너가 다른 위치보다
성공률이 높긴 했다만

유의미한 차이는
아니었는데.

근데 왜
실전에서는

코너의
적중률이
유난히 높아지는가?

상호는
늘…

골대 옆면을
보는 게

제일 익숙한
아이였으니까.

6번…!

원중고 지상고

3연속 3점!?

58 : 50

웃기는 놈.

남 훔쳐보기는 그래 좋아하면서

지 코너 3점이 좋은 거는 모르고….

오~ 기상호 뭐고?

오늘 니 농구력 *2.8KSH인데?

님! 기상호 농구력0 2.8기상호라니 그거 좀 모순인 듯!

*농구 실력의 최소 단위 = 1기상호

아 그거 쫌 하지 마라고요, 기분 나쁘니까!

할 거면 3.5 정도로 해주든가….

조재석한테 벌써 3점 네 방이나 맞은 게 무슨.

조재석 막을 수 있으면 내 3.5 인정해준다!

쫌만 기다려보라고요.

무조건

무조건 막을 테니까.

6번의 3연속
석점슛…

어떻게 된 건진
모르겠지만

이거 상당히
큰 효과가 있어.

5이!

5이!

지상고의
공격 옵션이 늘어난 건
물론이거니와

불과 몇 분 전의
그 얼음장 같던
팀 분위기를

순식간에
반전시켰으니.

디펜스!

하나
막아보자!

잠깐
이거…

아까랑
똑같은 거…!

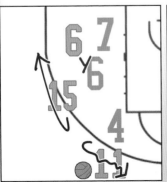

조재석 3점 다섯 개째야!

이것이 바로 원중고의 농구입니다!

Time OUT

타임아웃!

뭐야?

지상고가 타임아웃?

이현성 쟤는 참…

확실히 '잘하고 있는데 굳이?' 라는 생각이 들긴 하네요.

지국민하고 조재석한테 계속 점수 주는 건 분명 아쉽긴 하지만 지상고치고는 굉장히 잘해주고 있는 건데 말이죠. 6번 슈팅도 흐름 타고 있었고….

얘들아.

맨투맨 확실하게 해.

그리고 재석이.

옙!

6번 놔두지 마.

슛 확실히 체크해.

예, 옙!

왜들 그리 놀라냐?

니들이 재석이 하나 밖으로 나간다고 수비 안 되는 놈들이냐?

아닙니다!

지금 점수 차가 상당히 맘에 안 들거든?

이쯤이면 15점 차는 만들 줄 알았는데 말이다.

원중고　지상고

3

……

61 : 50

4쿼터 전까지는 20점 차 만들어놔. 알겠어?

옙!

수진아, 스크린 붙는다!

오케이!

어느 쪽이요!?

오른쪽!

그리고 왼쪽…!?

크로스오버!

뚫었다!

*혼즈
오펜스인가…?

*뿔(horn) 형태의 대형으로 시작되는 공격 전술.

오픈 찬스!

반대편
제대로 봤다!

땡겨!

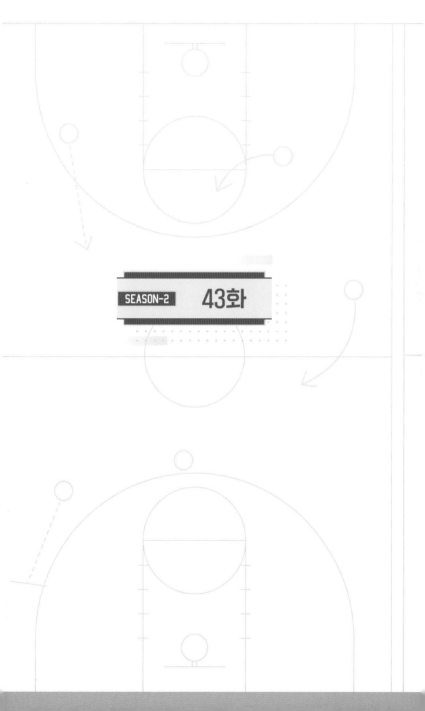

SEASON-2 43화

GARBAGE TIME

괘안타
괘안타!

공격은 아깝게
실패하긴 했지만
지금 상황은
나쁘지 않다.

아니,

우리가 최근에
이만큼 상황이
좋았던 적이
있었나?

전영중이는
준수한테 꼼짝
못 하고 붙어 있고

다은이나 태성이는
애초에 골 밑에 있는
놈들이니 아무리 슛 거리가
짧다 해도 수비가
붙을 수밖에 없다.

재유는 뭐

말할 것도
없고.

게다가
오늘은

바깥의
상호에게까지
수비가 제대로
붙고 있다.

빠르고 정확한
패스만으로도

볼이

나이스 나이스!

05 : 56

윈중고　지상고

3

61 : 52

야.

슬슬 니가 애들 좀 도와줘야겠는데?

안이 텅텅 빈다 야.

X끼 3점 하나 넣고 입만 살아가지고.

너야말로 그 슛폼 좀 바꿔보는 게 어때?

그렇게 공중에 멈춰서 팔 힘만으로 던지려니까 4쿼터만 되면 자꾸 슛이 짧아지는 거라고.

힘도 없는 게.

말을 꺼낸 기 잘못이지…

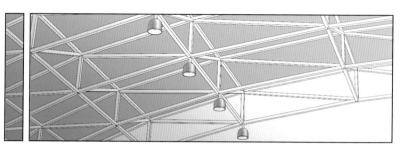

뭐야,
지상고?

11번을
버리는데…?

그래도
두어 개 정도는

어예 떤지는지
지켜보자고.

3점!

손재주가
없는 건
아니었는데

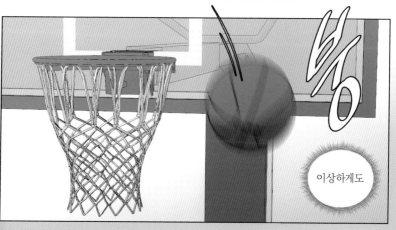

뻥

이상하게도

옛날부터
숫을 잘 못하는
편이었다.

하하,
바보!

......

힝ㅠ

빽차!?

백코트!

우수진
저 짜슥…

불과 몇 분 전까지의
상호랑 완전히
똑같은 타입이다…!

아 손에 땀이
많아서 미끄러졌네.

아 이 동네
병원 잘하는 데
있으려나.

아 게임 끝나고
다한증 치료받으러
가야겠다.

수진아!

일단 수비에
집중해!

예, 옙!

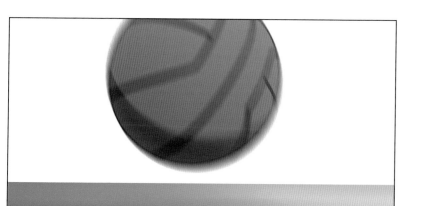

굿샷!

*롱 투!

지상고 몇 번째 연속 득점인 거야!

05
인중고 지상
3
61 : 54

이제 7점 차라고!

*3점 라인 바로 앞 부근의 장거리 2점슛.

나이스 나이스! 흐름 좋다!

11번은 계속 숫 떤지게 놔둬!

11번 놔둬!

11번 숫 없다!

기상호 점마…

그동안의 울분을 토해내고 있다…!

11번 버려!!!

꺄르륵 ㅋㅋㅎㅎ!!!

슛이 없다니
ㅋㅋㅎㅎ!!!

가드가 슛이
없으면 아무래도
힘들지 ㅎㅎㅋㅋ!!!

우수진
저 바보가…!

오픈 찬스에서
그렇게 우물쭈물거리면
너 숫 없는 거 인정하는
꼴이라고!

야!

나 줘!

*디나이냐….

*공격자가 패스를 캐치하지 못하도록 패싱레인을 가로막는 수비 방법.

태성이.

5번이랑 자꾸
정면 대결하기
시작하면 어려워진다.

패스가
넘어가면

뒷 공간이
열려 있기 때문에…

그대로
득점 찬스가 된다.

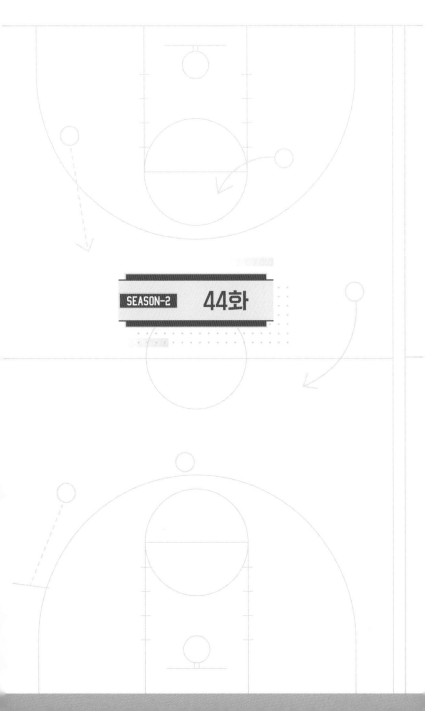

SEASON-2　　44화

GARBAGE TIME

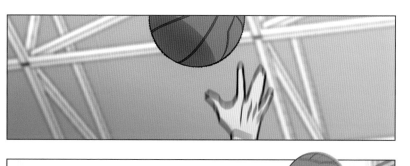

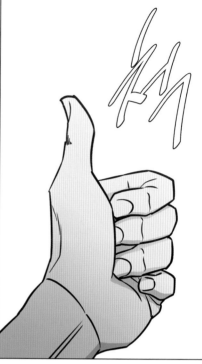

……

뭐야?

또 일대일?
아까 11번한테
그렇게 당해놓고….

무리하지
마셈!

못 넣으면
때릴 거예요.

저놈들이
진짜….

쳇.

니.

조만간
8번이랑 교체되는
모양인데

쯤 전에
영상으로 예습한
보람이 있다
했었나?

198

기대하래이.

니를 위해
영상에서 절대
못 봤을 필살기를 하나
남겨놨으니까.

0.8KSH.

씨익

솔직히
인마 상대로
일대일을 열 번 한다 치면
서너 번 득점하는 게
고작이겠지.

그래도

딱 한 번
하라고 하면

무조건
이긴다.

애…

앵클브레이커!!!

숫 찬스!

박스아웃!

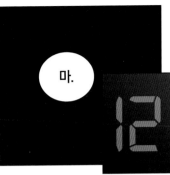

마.

언제
일어나게?

백코트~!

굿샷!

원중고 지상고
3
61 : 56

5점 차다!

Time OUT

저 저
지독한 놈…!

금방 교체되고
나갈 놈한테

꼭 그렇게
이겨먹어야만

속이
시원했냐!?

JISANG

원중고
타임아웃!

칫….

오늘은 상대에게
슈팅이 약점인 걸
간파당하는 바람에
경기가 안 풀리긴
했지만

수진이.

교진이랑
교체대.

고생했어.

슈팅 성공률만
끌어올리면 내년엔
훨씬 더 많이 뛸 수
있을 거다.

옙.
감사합니다.

......

열심히
준비했는데…

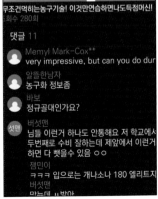

무조건먹히는농구기술! 이것만연습하면나도득점머신!
조회수 280회

댓글 11

Memyl Mark-Cox**
very impressive, but can you do dur

알뜰한남자
농구화 정보좀

바보
정규골대인가요?

섯맨
님들 이런거 하나도 안통해요 저 학교에서
두번째로 수비 잘하는데 제앞에서 이런거
하면 다 뺏을수 있음 ㅇㅇ

잼민이
ㅋㅋㅋ 입으로는 개나소나 180 엘리트지

버섯맨
마느데 ㄴ바아

209

힝끼

04 : 23

원중고 지상고

3

63 : 56

어?

진재유한테

전영중을
붙여놓네요?

산 너머
산이구만….

31번한테는
박교진으로
충분하다는
계산인가….

확실히
전영중만 한 녀석이
31번 같은 스팟업 슈터를
마크하느라 밖에서 꼼짝
못 하고 있는 건
수비력 낭비긴 해.

재유야,
잘 알고 있겠지만서도
무리는 하지 마래이.

전영중이
우수진에 비해
떨어지는 건 드리블을
손질해내는 능력뿐.

일대일 수비,
이 대 이 수비,
스크린 대처,
도움 수비 모두
우수진보다 뛰어나고

신체 조건, 운동 능력,
사이드스텝, 블록슛 타점
이런 것들은 비교도 안 될
수준이다.

이제부터는

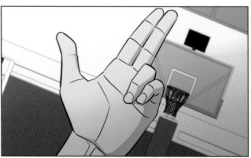

준수를
믿어보자.

걸렸다!

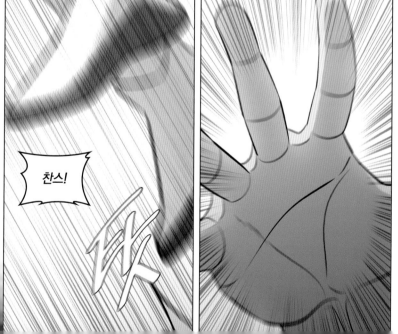

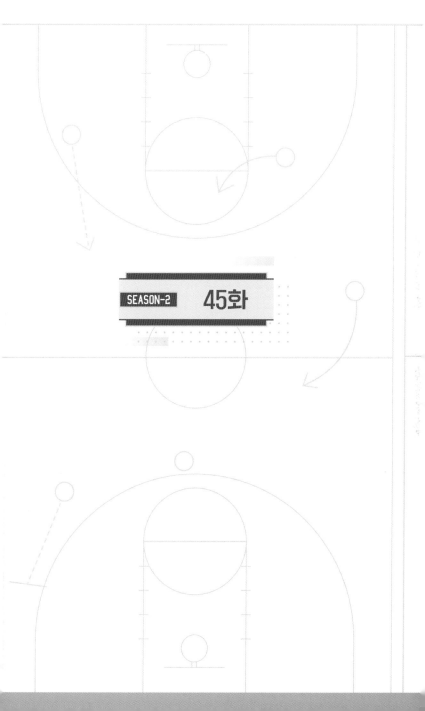

SEASON-2 45화

GARBAGE TIME

나이스!

와, 23번 진짜 빠르네….

잘 끊었어!

저걸 따라잡는단 말이야?

푹.

아무래도 수비 두 명 달고 3점 던지는 건 힘든 모양이네.

다 들리게 이죽거리지 마라 죽여버리기 전에.

마! 됐다! 하지 마라!

그렇게 덮어놓고 뛰다가 4쿼터에 퍼지지나 마라.

그 전에 퇴장이나 안 당하면 다행이지만.

태성이 니도 그만 쫌 해라!

준수야, 팀원들하고 사이좋게 지내야지.

닌 좀 닥쳐.

*볼 소유자가 볼을 던지지 않고 손에서 손으로 넘겨주듯 전달하는 패스.

*핸드오프!

마무리해!

오케이!

03 : 59

원중고 지상고

3

65 : 56

9점 차!

다시 슬슬 벌어진다!

좋아, 잘했어!

이상하게

점점 빨라지는 느낌이 들어.

……

저 자식…

자, 자!

하나 성공시켜보자!

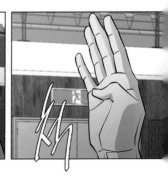

됐다!

찬스!

설마 또
전영중이
헬프를…

쳇…!

늦어.

31번 오늘 플레이가 말이 아니네요.

요즘 지상고 경기는 쟤 혼자 다 망치고 있어.

어렵게 줄여놓은 점수 찬데…

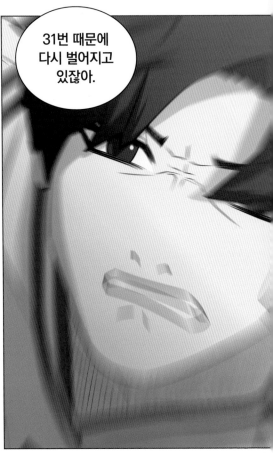

31번 때문에 다시 벌어지고 있잖아.

준수.

그 공이…

어떤 공인지 아나?

수비 잘하는 놈이
슈팅 성공률
줄여주고

리바운드!

키 큰 놈이
주운 다음

헤이

뽈 재간
좋은 놈이
옮기고

숫이
제일 좋은

니한테
마지막으로
전해지는 공이다.

3점 찬스!

공의 무게가
느껴지나?

엄청…

무거워요.

겨우겨우 하나 넣고 기 살아가지곤….

오늘 3점 네 개만 더 넣으면 제가 하소서체로 극존대해드리죠.

끝까지 빈정거리네 이 X끼….

…

알았다.

계속 공이나 갖다줘.

무조건 넣어줄 테니까.

너 X끼 그 하소서체인지 뭔지 지껄이는 꼴 꼭 보고 만다

기장 질서문란 행위

01 : 39
원중고　지상고
3
67 : 61

12!

12!

WONJOONG

244

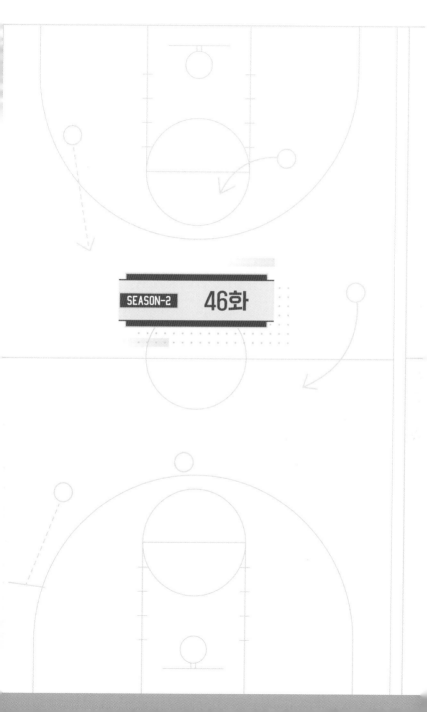

SEASON-2　46화

GARBAGE TIME

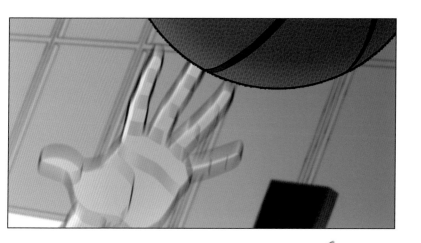

걸렸다!

오케이!
천천히!

백코트!

착각이 아냐.

저 6번…

점점 더
반응이 빨라지고
있어.

분명…

우리 패턴을
읽고 있는 거야…!

침착해!

천천히
하나 해보자!

언뜻 보면

수신호로
패턴을 지시하는
것처럼 보이지만

사실은
아무런 관련이
없다.

이미 같은
수신호에서 다른
패턴이 나온다는 건
확인했으니까.

중요한 건

어떤 숫자를
부르느냐

그리고

54!

어느 쪽 손을
들어 올리느냐.

항상 부르는
두 자리 숫자
각각의 합은

패턴의 내용.

14!

14!

50!

50!

6 7
6
15 4
11

예를 들어
합이 5라면
*플레어 스크린을
이용한 패턴이
나온다.

*패스를 받는 선수가 패스하는 선수로부터 멀어지는 방향으로 걸어지는 스크린.

그리고
오른손을 드느냐
왼손을 드느냐로는

패턴의 좌우 반전된
방향을 지시.

이번 패턴은
54에 왼손이니까…

81!

81!

블록슛!!!

오케이!

백코트해!

패턴을 미리 안다고
모든 공격을 완벽히
막을 수 있다는 건
아이다.

패턴엔 항상
다른 옵션이
있으니까.

하지만 적어도
원중고의 공격
옵션 중 가장 기대
득점이 높은

조재석의
오픈 3점슛을
줄이는 건 충분히
가능해.

패턴을 미리 읽은 듯한 움직임…

싸인을 간파한 긴가?

아니, 싸인을 간파한 거는 그리 대단한 게 아이다. 근데…

원중고는 지난 대회에 썼던 패턴들을 극히 소수만 남겨놓고 갈아 치워서 나왔단 말이지.

그렇다면

바로 전의 원중고와 상평고의 경기,

그리고 오늘.

고작 이 두 경기만으로

원중고의 모든 패턴들을 이해하고 외웠다는 말인데

이게 진짜

가능한 기가…?

......

어찌 됐건
조재석이가 막히기
시작한 이상 원중고의
그다음 옵션은

이건…

안 닿는…!

!?

패스가
너무 높아.

볼 잡아!

23번의 높이를
필요 이상으로
의식하고 있어.

오케이!
한 번 더 가자!

그건
그나마 가장
효율이 떨어지는
옵션.

지국민에게까지
패스가 가지 않는다면
다음 옵션은 뭐고?

박교진과 진재유의
신장 차를 이용한
공격?

여기까지 왔으면
우리로선
성공이다.

리바운드!

백코트!

자! 3쿼터
마지막 공격이다!

00 : 19

31번이다!

하나
천천히 가자!

오케이!

31번 슬슬
살아난다!

00 : 01

원중고　지상고

3

67 : 64

3쿼터 종료.

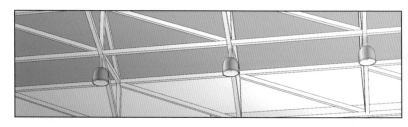

......

쉽게 납득이
되지 않는
상황이다.

불과 한 달여 전의
우리는 지상고를
상대로 38점 차
승리를 거뒀다.

물론 지상고 23번이
퇴장당한 이후로 지상고로선
수비 매치업 자체가
불가능한 상황으로 경기가
진행되긴 했다만

파울 관리
또한 경기력의
일부.

52 : 90

지상고 원중고

그런데 고작 한 달여 만에

점수 차를 이 정도로 줄이는 게 가능하다고…?

더욱 설명하기 어려운 것은 오늘 경기의 득점 페이스.

선수들의 기량 수준이 높아질수록 공격자가 유리해지는 농구의 특성상 팀 득점이 많다는 것은 팀의 수준이 높은 것을 의미한다.

3쿼터가 종료된 현재 우리의 득점은 67점.

경기 종료 시점엔 아마도 80점을 가볍게 넘기겠지.

우리 아이들의 플레이는 평소와 크게 다름이 없어.

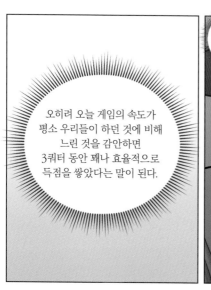

오히려 오늘 게임의 속도가
평소 우리들이 하던 것에 비해
느린 것을 감안하면
3쿼터 동안 꽤나 효율적으로
득점을 쌓았다는 말이 된다.

그런데

지상고가
이 페이스를 3점 차로
쫓아온다고?

평소엔 많아봤자
70점대가 고작.

바로 전의 신유고
경기에선 60점을
겨우 득점한 팀이?

한 달 동안 눈에 띄는
기술 발전이라곤
6번의 석점슛이 전부.

13번의 럭키샷
같은 변수는 항상
있는 일이다.

이것들만으론
한 달 전의 차이를
이 정도로 줄인 게
설명이 되지 않아.

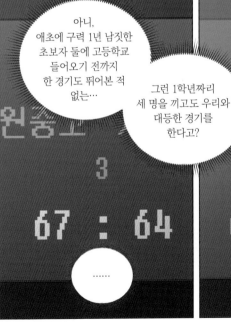

아니,
애초에 구력 1년 남짓한
초보자 둘에 고등학교
들어오기 전까지
한 경기도 뛰어본 적
없는…

그런 1학년짜리
세 명을 끼고도 우리와
대등한 경기를
한다고?

……

이 상황을
설명할 방법은
하나뿐.

원래

이만큼
'해야 했던'
녀석들이라는 거지.

4쿼터 시작.

10권에서 계속

가비지타임 9

초판 1쇄 발행 2023년 11월 15일
초판 3쇄 발행 2024년 8월 7일

지은이 2사장
펴낸이 김선식

부사장 김은영
제품개발 정예현, 윤세미 **디자인** 정예현
웹툰/웹소설사업본부장 김국현
웹소설1팀 최수아, 김현미, 여인우, 이연수, 장기호, 주소영, 주은영
웹툰팀 김호애, 변지호, 안은주, 임지은, 조효진, 최하은
IP제품팀 윤세미, 설민기, 신효정, 정예현, 정지혜
디지털마케팅팀 지재의, 박지수, 신혜인, 이소영
디자인팀 김선민, 김그린
저작권팀 윤제희, 이슬
재무관리팀 하미선, 김재경, 윤이경, 이슬기, 임혜정 **제작관리팀** 이소현, 김소영, 김진경, 박예찬, 이지우, 최완규
인사총무팀 강미숙, 김혜진, 지석배, 황종원 **물류관리팀** 김형기, 김선민, 김선진, 전태연, 주정훈, 양문현, 이민운, 한유현
외부스태프 정예지, 리채(본문조판)

펴낸곳 다산북스 **출판등록** 2005년 12월 23일 제313-2005-00277호
주소 경기도 파주시 회동길 490
전화 02-704-1724 **팩스** 02-703-2219 **이메일** dasanbooks@dasanbooks.com
홈페이지 www.dasan.group **블로그** blog.naver.com/dasan_books
종이 더온페이퍼 **출력·인쇄·제본** 상지사 **코팅·후가공** 제이오엘엔피

ISBN 979-11-306-4684-8 (04810)
ISBN 979-11-306-4680-0 (SET)

다산북스(DASANBOOKS)는 책에 관한 독자 여러분의 아이디어와 원고를 기쁜 마음으로 기다리고 있습니다.
출간을 원하는 분은 다산북스 홈페이지 '원고 투고' 항목에 출간 기획서와 원고 샘플 등을 보내주세요.
머뭇거리지 말고 문을 두드리세요.